夢始末

田口ムツ子詩集

Taguchi Mutsuko

土曜美術社出版販売

詩集　夢始末＊目次

I

Ⅱ

扉絵／長尾明子

詩集　夢始末

I

雨の日に　パート1

地雨降り続く雨の日　私は
大好きなチョコレートをポケットに忍ばせ
あなたに逢いに行きます
一緒に映画館に行っても
眠ってしまうことがないように

卯の花腐しの雨の日
私は見ましたハイヒールを履きこなし
レインコートの似合う女性に

あなたの傘は差し掛けられて
そこだけスポットライトを浴びたように
優しく雨が降り注いでいました

どんなに背伸びをしても
ハイヒールやレインコートの
似合う女性にはなれない
私のポケットの中で
握りしめられたチョコレートは
送り梅雨の中に溶けていきました

忘れないで

いつからでしょう
キラキラ輝く碧い瞳が
曇って映らなくなったのは

いつからでしょう
熱く燃える炎が細くなり
やがて燻って灰になったのは

いつからでしょう

心と身体がすれ違って
身動きとれなくなったのは

いいえ　あの日あの時あなたが言っていたように

あの青春の日に
瞳を煌めかせていたことを
熱い思いが滾って燃えていたひと時を

心と身体が溶け合っていた
不思議な時間があったのを

私だけが忘れなければいいのだと

プロミス

青春の夢は　いつもはかなく消えて
いくつかの約束は
果たされることなく終わり
すべなく佇む
遠い日の私の姿が霞んで見える
薄れかかった記憶の中に
まだ燃え尽きていない約束があった

還暦を過ぎて　なお遠い日の

あなたとの約束は
いまだに色褪せてはいない
歳月の重さに
戸惑う私の影が揺らいで見える
あなたの元へ辿り着くまでに
私は幾つの約束を果たせるだろうか

失われた横顔

長い歳月に見失ったものはなに
少女から大人になり
愛を語る女の双眸は輝きを増し
長い黒髪はたわわに揺れる

鮮やかな星々は夜空に散りばめられて
やがて　陽の光に導かれ夜が明ける

何も恐れることもなく

若いという
それだけで満ち足りていた

長い歳月に失われていったものは
若さだけでなく
あちこちでぶつかり
失くした落とし物

それは両手に持ち切れぬ想い出の数々
指より逃げる砂のように儚いもの

閉じ込めた　たった一つのセピア色の肖像
残したはずの
男の横顔は疾うに失われていた

六月の花嫁

小さくてせまい家だから
身体一つで来ればいいと
彼が言うから
私決めた　六月の花嫁

姉さんも持って行ったから
鏡台一つくらい持っていけと
父が言うから
私鏡台持って　六月の花嫁

だけど化粧気のない私に
なぜ鏡台を持たせるの？

それは女性として生まれたからには
女性らしく生きて欲しいとの
とても女性らしく見えない
娘へのメッセージ
父らしい贈り物

悲喜こもごもの姿映して
父なき後《あと》の四回目の引っ越しに
とうとう耐えられず鏡が割れて
役目を終えた鏡台

六月の花嫁は
忘れられない鏡台を持って
嫁いでゆきました

あなたへのレシピ

差し上げます　あなたへのレシピ

（材料）　　　（分量）
あいびき　　　適宜
ひにく　　　　少々
こい　　　　　はかないくらい
やきもち　　　できるだけ薄く
ああし　たい　ほんの少々
こうし　たい　人一倍
さけ　　　　　嗜む程度

用意が出来たら　思いきって
まず材料を　みじん切り　乱切り　短冊切り
銀杏切り　なんでもいい輪切りにして

次に　混ぜて　叩いて　捏ねて
煮たり　焼いたり　蒸したり　揚げたりして
ええ塩梅を加え　うまく仕上げます

何か物足りないって
ああ　たぶん　スパイスです
あなた好みのエッセンスを少々加えてみます

何か人と違うようだって

全てが同じ幸せのレシピなんてありません
いい　加減に自分で作るしかないようです
ましてや　人生において
幸せの筋書きなんてないのですから

合鍵

川のそばにあった小さな家
陽が当たらない
洗濯物が乾かない
吸う空気までが湿っているようで
私たちの門出に
小さな家は初めから影を落としていた
暗い思いと道連れの日々に
初め体が
そして心が　傷ついて

一年暮らしたその家を出た
最後の鍵は彼が閉めた
彼もその家も疾うになくなって
小さな家の合鍵だけが私のもとに残された
暗い思い出だけだったはずなのに
この合鍵が捨てられないのは　なぜ

最終バス

最終バスに乗る　あなたを見た

いつの日も輝いた目をしていた
あの頃と違って疲れきった顔をして
窓辺に凭れ掛かるあなたを見た

口癖だった「大人になろう」も疾うに褪めた
今も夜間の学校で教師をしているのだろうか

いつからか若さを一つずつ人生に重ねて
変わっていった私達

赤い行先表示のある　最終バスが今発車する

精一杯背伸びしていた私
「大人になった」の言葉を飲み込み
遠くなっていくバスを黙って見送っている

眠らない街

昼夜なく行き交う　人波にのまれて
辿り着いたのは
ネオンさえ眠らない夜の街
ここはどこ
カオスな言葉が飛び交う
旅路の涯の宇宙ステーションなのか

始発の乗り物を待ちながら
片隅にある　コーヒーショップで夜を明かし

時おり流れる　エスペラント語の音楽を
聴きながら　うとうととしている

いつまでも　夢見ていることのできる
ここは私のオアシスだったのか
ミッドナイトステーション
今　ネオンが一つずつ消えていき
やがて　始発のドアが開く

サンクチュアリ*

三年まえ
廊下を廻り出会う人ごとに
主人が帰ってきませんの
見ませんでしたか?　と問うあなた
幸せに彩られていた　若妻の記憶が
あなたを足早にさせていたのですね

一年ののち
春の日の蝶を見て誰彼となく

ほほえんで言葉失くしても
指さして教えている?　あなた
優しさに包まれていた　幼児の記憶が
あなたを車椅子に乗せているのですね

あなたはこのサンクチュアリで
時の扉を押して
あなたの原点に還ってゆくのですね

＊　高齢者福祉施設名。

夢始末

夢もなく　意地だけで
さすらい迷っていた志学の頃
夢に燃え　意地持って
輝き生きていた而立の頃
夢追って　意地張って
ひたすら駆け抜けた不惑の頃

夢破れ　意地跡切れ
肩落とし戦い止めた知命の頃

私の心の日記には
鋏で切った様な頁はない
インクの滲んだ刻々の
傷跡だけが残っている

今はただ砕けた夢の欠片を手繰り寄せ
その綻びを意地の生糸で繕うか
今まで生きてきた耳順の証に

私十五の娘です

私十五の娘です

爺ちゃんは若くして胸の病で亡くなった
この娘の伯母のキミさんに負けないくらい
色白で器量よしだと目を細め
するめを齧って好きな「いこい」[*1]をやめました

婆ちゃんはご近所で美人と評判の
佳代さんよりこの娘別嬪さんだと言いながら

髪の毛薄いが玉に瑕　大島アンコ[*2]のような
黒髪になれと椿油を付けてくれました

父さんはこの娘小さく生まれたのは栄養不足と
畑を借りて家庭菜園を始めました
平日は仕事から帰ってから暗くなるまで
休日も休まず畑を耕し野菜を作りました

母さんは小さく生まれても五体満足であれば
多少頭が悪くても健康ならばそれでいい
ひ弱なこの娘丈夫に育ってと
ひたすら神仏に祈り続けました

世間から鼻持ちならない娘と言われても

家族に守られ誉めそやされて
恐れを知らぬこの娘十五になりました

そうして
ああして
こうなって

私十五の娘でした

＊1　煙草の銘柄。音符記号四分休符のパッケージ。
＊2　伊豆大島に住む黒髪の娘さんのこと。

Ⅱ

その花は

その花の蕾がほころぶ様を
愛しいなんて　誰が言ったの
その花の満開に咲き誇る様を
美しいなんて　誰が言ったの
その花の夢うつつな夜姿を
あやかしなんて　誰が言ったの

その花の散りゆく様を
刹那なんて　誰が言ったの

その花は春来れば待ちわびた
大和の国を北へ北へと駆け上る

色づけばその幹に人を集め
人の心を浮きたたせ　酔わせる

出会いの時　別れの時
その花は人の心に寄り添う

大和の国に咲くその花の
名は　さくら

四六時中

仏蘭西映画　エマニエル夫人の
シルビア・クリステルはいいわ
その妖艶な姿態で男を惑わせる
なんて素敵なの

伊太利亜映画　ひまわりの
ソフィア・ローレンはいいわ
迫力ある演技と魅力ある容姿で
世の男性の目をくぎ付けにして

二人は極めて日本的な私の貧弱な身体を
十二分に打ちのめしてくれたが
それは生まれつきのことだし
仕方がないことと納得して

知性溢れる映画なら　マイ・フェア・レディの
オードリー・ヘプバーンがピカイチだわ
花売り娘が蛹から蝶へと生まれ変わる
見事な物語に魅了されて

一生懸命、無我夢中で気取って見せる私に

あきれたように彼が言う

二十四時間は無理でしょう
観客は一人でも
しろくじちゅう　みているから　と

四季の神話

アフロディテは
愛児キューピッドを抱き誘う
その児小さな金の矢　地に放つ
陽炎たち　母なる大地揺り起こし
我先にとデージー　パンジー咲き誇り
全てのもの萌え出る　青春

アポロンは
日輪の馬車にて天翔る

炎の轍は燦燦と　燃え尽きて
波濤逆巻く　父なる海へと降り注ぐ
陽光に身を委ねるサンフラワーを
火群の矢貫き射る　朱夏

ダイアナは
竪琴の音を奏で月に寄り添う
弓張月は新月に満ちて　巡り合い
草木実らせ　豊穰の糧を生む
緑なす山肌を黄金色に染め上げ
水面に紅葉映し浮かせる　白秋

プロメテウスは
天界より火を盗み人に与うる

その火鋼鉄溶かし　暖を取り
凍てつく　時刻を過ごす術教うる
木枯らし吹き積もる雪に覆いつくされ
生命あるもの眠らせる　玄冬

天の刑生涯背負い受けし彼の者の
鎖とき放たれるその日まで
永遠に廻る季節の　プロローグ飾る

想い出と眠らせて

失くしたピアスのかたわれは
宝石箱の片隅に眠らせて
失くした恋の行く末は
心の奥底に眠らせて
けっして起こしてはなりません
忘れてしまう子守歌でも聞かせましょう

いつしか　時は流れ来て
記憶も思いもセピア色に変わる頃

閉じ込められた想い出と
手繰り寄せられた心の糸が
ほころび　ほぐれて
忘れかけていた子守歌が聞こえてきます

ミス・キャサリン

この町で一つしかないディスコバーで
スポットライト浴びて踊るミス・キャサリン
君はこの店で№１のスーパースター
なんてったって愛想が良くて踊りがうまい
三十分のお立ち台は独壇場
キラキラ輝く汗滴らせ
スパンコールの衣装はミラーボールに映える

化粧の濃さは暗い過去を見せないためか
長い黒髪に隠した笑顔の下の素顔を

俺らは一度も見たことがない

杉様、譲りの流し目身に付けて
野暮なお客の目線も軽くいなしながら踊る
年はいくつか知らないが
「年齢不詳と言っとくわ」と
笑って皆を煙に巻く

だけど気になる終曲の「メリージェーン」を踊る
今宵のシンデレラボーイは誰かと噂して
しがないウェイターの俺たちは
ビールを賭けて一喜一憂
若い日に憧れたディスコクイーン
ミス・キャサリン　想いは今でも色褪せない

星に願いを

天かけて光るペルセウスの星よ*1
黒い瞳で祈るあの子を見つけて
あの子の部屋の窓辺には
黄色い小さな起き上がりこぼし*2が
いつの日もあなたの方へ向いています

あの子の願いは　たった一つ
今は醜い家鴨の子でも
いつか綺麗な白鳥に生まれ変わって

自由に羽ばたくことができるように

白く尾を引くペルセウスの流星よ
小さな手で祈るあの子の願いを叶えて
あの子がずっと家鴨の子のままでも
大人になれば転ばずに生きていける
いつの日もあなたは自由だと伝えて

＊1　ペルセウス座流星群。主に真夏東空に明け方見える流れ星。
＊2　福島県会津地方の郷土玩具。子供の健康や七転八起の意味を持つ縁起物。

ぼくを　あたしを

ママ　ぼくをおこらないで
ぼくはまだ泣くことしかできない嬰児なの
パパ　あたしをたたかないで
あたしはまだ歩き始めたばかりの幼児なの

ママ　あなたと繋がっていた宮殿での十月十日
深い海の揺籠の中で心地よく眠り
波のように繰り返すあなたの心音は
優しく　優しく聞こえた子守歌でした

その時が一番幸せだったなんて思わせないで
故あってあなたのもとへ生まれてきたの

ママ　あたしを無視しないで
パパ　ぼくを捨てないで

おねがいだから
ぼくを
あたしを
殺さないで

りんごって

驚いたのはおじさんが*[1]
「はい　りんごだよ」って渡してくれた
りんごって丸いんだ　初めてみたよ
僕のいる所*[2]では
りんごって
小さいうさぎの形をしているんだ

だけど　どうやって食べるの？
丸いりんご

さわって　しばらく眺めていたら
おじさんは「こうやって食べるんだ」と
丸ごと（ガブッ）ってかじって食べた
僕も真似をして丸ごと（ガブッ）
とってもおいしかったよ

帰りにもらったお土産の三個のりんご
一緒の部屋のｈ君とｆ君にあげるんだ
二人もきっと驚くよ
りんごって丸いんだ
りんごって丸ごとかじるとおいしいんだって

＊1　正月里親。正月に家に帰れない施設の子らに、正月を一般家庭で過ごしてもらう為のボランティア制度。
＊2　児童養護施設。

人は皆私を

暑い日は緑鮮やか
塩味きかせた私をどうぞ
冷たいビールに良く合って
昔ながらの御通し一番「未熟豆」

私より体の大きな蚕豆さんは
お歯黒入って縁起が悪いと
むかしむかしの
その昔　ピタゴラス*さんらに嫌われた

季節限定の私達　使命は同じなれど
日ノ本の国　花のお江戸じゃこの私
夏の路地で「枝付き豆」と名付けて売られ
ファストフードの草分けだった

人ならば番茶も出花のティーンエイジャー
大豆になれず　未熟な私なれど
老若男女に愛されて
人は皆私をこう呼ぶ「枝豆」と

＊　古代ギリシャの哲学者、数学者。

戯れ歌　初詣を七草に例えて

除夜の鐘　百八つの音響き渡り
祝詞奉ずる神主や護摩焚く僧の勤行《ごぎょう》は
神や仏の座《ほとけのざ》すところ

詣でおえ帰る人の破魔矢の鈴《すずな》なって
参道の賑わいに端っこ漫ろ歩きで辿り着く
社の前の鈴白《すずしろ》き手綱「絆《なずな》」引き鳴らす

二礼　二拍し　願いはたった三つ

今年の世界の平和と家内安全
忘れてはならぬわが身にも幸運べ《はこべ》と祈り
手と手を合わせり《せり》　一礼す

七草　御形《ごぎょう》　仏の座《ほとけのざ》　菘《すずな》　蘿蔔《すずしろ》　薺《なずな》　繁縷《はこべ》　芹《せり》

夜鳴鶯

おいらの友達不如帰　一声啼いて血を吐いて
何処の空へ飛び立った
卵を託してその代わり涙を抱いて行ったから
清子姉に聞けば行方が分かるかも
　渡り鳥のことならば旭兄に聞けばいいか
ギターを抱いて　行く先々で浮名残して
待っている人も多いらしいから
　町中の嫌われ者の鳥は　雨情先生が
亡くなって数年経ったら恩忘れ

子の待つ山へ帰らずに暴れ放題　し放題
今では志村の健坊も勝手にしなと言っている
　忘れてしまったのかい　あんたの先祖の
八咫烏は神代の昔　天皇の水先案内勤めたくらい
誉の高い鳥だったのを
今はどうにもならないのかい？
　そうそう　健忘症の金糸雀は八十先生が
柳の鞭を使っては可哀想と言ってくれたが
どこぞの国の№２が柳腰云々とぬかして
哀れな浮世の女形でもあるまいし
迷惑だと
月夜の晩に象牙の船でリハビリの
旅に出ていったそうな
　おっと　忘れちゃいけない

小柄だったけれど　歌うと大きく見えた
「ひばり」は「お嬢」と呼ばれ
燦燦と輝き囀り　不死鳥みたいと言われたが
昭和の終わりを見届けてすぐ
「川の流れのように」と歌いながら
高く天に昇って逝ってしまった
惜しい惜しいと　皆言ってたよ
　えっ　そういうお喋りな　お前は誰かって
おいらは　そう「鶯鳴かせたこともある」の
夜鳴鶯　白衣の天使と同じ名で
西欧の国では有名な「ナイチンゲール」さ

Ⅲ

困ったことです

困ったことです
妹の作る料理の味が母上
あなたの味に似てきたことです
天性のものでしょうか
私には未だにできないことです

更に困ったことには
若い頃
少しだけ似ているところがあると

言われてはいた私でしたが
この頃　容貌も　仕草も　話し声も
考え方さえも
あなたとそっくりと言われることです

いつの日でしたか
「母一人、子一人」を捩って
「母と二人、小肥」と笑いあいましたが
どうやら
遺伝子の中でも似てほしくない部分を
わたしに多く置いて逝かれたようです
実に困ったことです

花曇り

花曇りの日
黄色い帽子に
黄色いショルダーバッグ
あぜ道のタンポポを蹴散らして
あの子が駆け足で帰ってゆきます

昨日届いた赤いランドセル
　大きすぎたようだ
ランドセルが歩いているようね

この子には無理かなあ
替えてもらおうかしら
父さんと母さんが言っています
すっかりしょげかえってしまったあの子

花曇りの中
あの子が息はずませて走ってきます
畑仕事をしている父さんと母さんに
赤いランドセルを背負っても
大丈夫だよと見せに来ました

父さんはタンポポの化身かと思ったと
言って眩しそうに頷いていました
その夜　母さんは赤いランドセルに

名前を書いてくれました
安心して　眠りについたあの子

花曇りの空は
小さかったあの子の淡い記憶や
黄色い景色さえも
遠い　遠い彼方へ
追いやっていました

女のフルコース

女のフルコース行きますと宣言し
目出度くゴールイン
結婚式は前菜か
何かと珍しいものが出るかと楽しみで興味津々

日々の生活で
食べるものはパンかライス
サラダ付き　スープもあり
良いことがあった日はワイン付き

目出度く子供ができたらハッピーなこと
メインディッシュ
魚だわ　美味しいわ
肉だったわ　珍しいわ

年を取って孫ができたら
甘いデザート
これは儲けもの
人によってはないかもね

最後にコーヒー
夜明けのコーヒー
居眠りなしの眠気覚まし

ああ　何一つ叶わなかった
女のフルコース

夜間飛行

ヴーヴ・クリコ*に寄せて

窓には何も見えない漆黒の空
日付なしの夜間飛行を続ける私に
出会った酒はヴーヴ・クリコ
この酒は飲む人によって
ときに甘く　そして苦い

夜間飛行を続ける私の心に
暗闇の中で時おり見える

微かな光に目を凝らすと
私のまわりだけが時の
遅すぎるのがわかる

夜間飛行を続ける私の
道連れとなったヴーヴ・クリコ
とにかく私はこの酒を
飲み干して行かなければならない
この闇の先に何があっても

＊　フランスのシャンパンの銘柄で通称未亡人という名の酒。

冷たい水の中の小さな太陽

どこからか流れてくる水の中を
私は何時からか漂っていた
それがどうしてなのか
わからぬままに
うつら　うつらしていると
はるか遠くで誰かが私を呼び覚ます
そんな時は
何故か懐かしい温もりを感じ
眩しく

けれど優しい光に包まれ私は揺らぐ
揺らぐ水の中
でも心は満たされている

小魚が群れを成して泳ぎ
花や枯葉が浮き
薄氷が張って
そして雪解け

そんな悠久の季節を送りながら
私の姿は変わらず
ゆらゆらと映っている
冷たい水の中の小さな太陽
それは私

心の青あざ

梃子でも動かぬ山のような相手に
なお　執拗に食い下がる

今にも発火点が膨張しそうで
私の中の歯車はギシギシと
音を立て始める

予算査定時*のヒヤリングは
いつもそう

アスファルトジャングルの中に
ほんの少しの慈雨を降らすようなもの
同僚は自嘲気味に言う

青空が見えないの
行く先が見えないの
そんな声に　後押しされ

ぶつかって　ぶつかって
心の青あざ
また一つ増えました

＊　予算がどの位獲得できたかで来年の事業規模が決まる。多い年は事業展開しやすい。

御伽噺を信じて

夢は何時も還っていた
エスケープして　荒川べりの尾花の中
銀色に波打つ風の揺り籠のせいで
どうやら
私は寝入ってしまったらしい

武蔵野線の陸橋を渡る音に
見渡せば
田島が原の丘の稜線は

曼珠沙華を真っ赤に浮かせて
諄い程の眩しいエモーション

やがて東の空に
白い月がひっそりと見えてくる
今宵は十五夜
中秋の名月

御伽噺を信じていたころ
—或る朝　突然　生まれ変われると—
月が出ている時も　月が隠れているときも
月の女神に祈った日々

月は何時でも一緒に歩いてくれたが
家鴨の子の願いは
いつの日も叶わなかった

夢は何時も　そこでエンドレス
御伽噺は時が過ぎれば
そこでおしまい

おむつはためいて

夏になると思い出す光景がある
八月に行われた
N高齢者施設での高校生ワークキャンプ[*1]
事業担当者の私も多少の心配を抱えながら
オブザーバーとして参加することになった
過去の幾つかの体験から
入浴介助はメガネが曇るし
食事介助は気が抜けないので
一番気を使わないであろう洗濯したおむつ[*2]を

屋上で干す仕事を手伝うことにした
最初のうちは次々と洗い上がるおむつの山を
順調に片づけていったが
しばらくすると洗い立てのおむつが重なると
思いの外重く竿が肩に食い込んできた
その上真上に来た太陽の強烈な熱気が加わり
気分が悪くなり座り込んでしまった
年配の寮母は苦笑しながらも
少し休みなさい先生には内緒にしておくと
高校生に間違えられた私にそう言った
おむつに隠れその場に倒れ込んだ私は
薄れてゆく意識と戦い
モノクロの世界から
色ある世界に戻ると

仰向けの私の目の前には百二十センチの
おむつが列をなしてはためいていた
青空に白いおむつの旗は
秩父の山々を背景に
「同名の輩よ　もう降参か　軟弱者めが」と
カラカラと笑う坂東武者の幟旗に見えた
私はもう白旗を上げるしかなかった

＊1　夏休みに高校生を集めてボランティア活動を施設などで泊まり込みで行う催し。
＊2　当時は布製おむつが施設の必需品。一日を通して洗濯されていた。

サロン・ド・ホスピタル

とある病院の待合室
年配のご婦人二人の知り合いらしい
会話が聞くともなく耳に入ってくる

「今日はKさんが見えないけれど
どうしたのかしら
体の具合でも悪くなって
来られないのかしら」と

どうやら　同日　同時刻　同所で
三人顔を合わせる病友らしい
Kさんの事が気になった二人
受付嬢に「今日Kさんは来てますか」と尋ねている
受付嬢は手慣れた様子で仕事を続けながら
「昨日見えましたよ」と答えている
「昨日来たなら具合が悪いわけではないね」
と言って二人はKさんの話は打ち切り
既に四方山話に興じている

ええっと私は考えてしまって
Kさんは具合が悪いからこそ
昨日病院に来たのではないのだろうか
Kさんが今どうしているのか気にならないのだろうかと

いや　あれこれ考えるのはよそう
丁度私の名前も呼ばれたところ
つまらぬ老婆心はやめよう

ここはサロン・ド・ホスピタル

助け舟

二人暮らしの老夫婦のお宅を訪問
夫は腕のいい大工だったが
二十年前の事故で障がい者に
以降　妻が働いて生計を立てていた
今　妻が認知症になり生活に支障が出てきている

時は夏　トタン屋根に陽があたり蒸し風呂状態
この日も古い扇風機がガタガタと音を立て
私たちの会話を何度も遮る

妻が家事をできなくなって二年あまり
あらゆる箇所が傷つき悲鳴を上げている

このままだと共倒れになると
妻の施設入所を薦める　が
小柄な妻は言葉なくニコニコ笑うのみで
認知症になったから　尚更知る人のない所へ
一人で行かせるのは不憫と首を縦に振らぬ夫

救済という名のもとに引くにひけぬ私と
夫の愛情が交錯する　この夫婦にとって
ただ寄り添って暮らしたいという望みさえ
叶わない　この社会の何が善で何が悪なのか
考えれば考える程判らなくなる

沖合に停泊するこの国の福祉という大型船は
灯りは点けているものの　足下は暗く
波間に漂う小舟には容易に気づいてくれそうにない
沿岸に漂う船頭一人の小舟は
声を上げれば近づくが
声を上げぬ限り近づいてくることはない

また逢いにゆきます　古都にて　パート1

きょうあなたに逢いにゆきます
心ときめかせ　西に居ますあなたのもとへ
初めての出逢いは十七歳の秋でした
化粧だに凝らさぬ　制服の乙女は
一目で心奪われ　立ち尽くしたまま
時の過ぎ去った彼方へ想いを馳せました

天平の昔　花の顔の姫君
匂うような公達の背の君が

幾人もあなたに傅き祈ったことでしょう

あれから　幾度訪れたことでしょう
あなたは近くて遠い古の都人
うっすらと微笑を浮かべ
俯く姿を見るにつけ
現人の私には寄り添うことも
いいえ　触れることさえ儘ならず
頬に触れる　をみなごのような
あなたの中指にさえ　羨ましく
心残し東の都へと帰ります

今も秘めくように古都に御座します
御名「如意輪観世音菩薩*」様

数多の衆生を救うため古の世に
その姿現し　現世まで変わらぬ姿に
救いを求める人々
或いは現世見限り　来世幸あれと祈る人々
私も又　己の業の火鎮めようと傅く
衆生の一人に過ぎぬとわかっています
暗い空間に黙して思考する
御姿に導かれ　心赴くまま
またあなたに逢いにゆきます

＊　奈良県にある中宮寺本尊、半跏思惟の像。スフィンクス、モナリザと並び世界三大微笑像と言われる。

天邪鬼　古都にて　パート2

朝霧が立ち　すっと消え去った斑鳩の里に
聳え立つ五重の塔は　木々を従え
まるで　雄々しく生きたあなたの様です
私はと言えば　隣の御堂に居ます
北の守りを司る多聞天に千年以上もの間
踏まれている邪鬼の様です

中学生の頃　大男に踏まれている小さな
生き物が可哀想と思わず呟いたら

若い僧から「あなたの中にもいますよ、この生き物は
天邪鬼とも言います」と言われました
それから私は　ずっとこのちっぽけな天邪鬼は
私に似ていると思って生きてきました

ここの天邪鬼は恨めしそうに上を見上げています
が多聞天は下ではなく真っ直ぐに前を見据えています
私の任務は北を守るためだけ、小さな生き物の
事など気に掛ける風ではないと
右足だけで踏んでいる事でそれが判ります

三十三間堂の帰路　タクシードライバーが
「お客さんに似てはる仏さんはいてましたか」
との問いかけに

暗い御堂の中で千体もの仏様に目を凝らしても
私に似ている仏はいないと
とうに知っていたことでしたが……
（私は天邪鬼に似ているのです）と
言いかけましたが思い直して「修理中の物も
あって多分お留守だったのかも」と
苦笑しながら答えました

無邪気だった天邪鬼も年老いたものだと
つくづく　知らされた古都での事でした

あとがき

私と詩と和歌との出会いは、学生時代『萬葉集』を二年間専攻した際、山上憶良の和歌を学び、感動したことからです。

卒業後、思いがけず福祉関係に就職した私は、女性の先輩と二人で当時、他県にも少なかった県ボランティアセンターの基礎づくりを任され、ようやく軌道に乗った頃、私は高齢者福祉向きだと言われ、部署異動となりました。

以来四十年近く、法規に先行することと、現実の社会福祉の不条理な現状にぶつかり、足枷に悩み、心の風邪も引きながら、高齢者福祉の一端を担うよう努めました。

その間憶良は隅の方に追いやって思い出しもしませんでした。

退職後、やる気のない私でしたが、家族に高齢者向けの勉強室やカルチャー講座もあると言われ、近くの詩の教室に通うことになりました。そこで、恩師である菊田守先生や「金木犀」の仲間に励まされ、十二年近く詩作りに専念しました。

コロナ等の影響で残念ながら教室は閉講になり、落ち込んでいたところ、家族に、十二年間に生み出した詩をまとめてみたらと言われ、稚拙ながらも詩集を作りたいと思うようになりました。「金木犀」の仲間も助言をくださり、詩集作りが現実となりました。

高木祐子社主やスタッフの皆様にはお力添えをいただきありがとうございました。そして何よりも家族や仲間、この本を見てくださる皆様に感謝申し上げます。

二〇二四年十月

田口ムツ子

著者略歴

田口ムツ子（たぐち・むつこ）

埼玉県さいたま市生まれ
「金木犀」同人

現住所　〒330-0064　埼玉県さいたま市浦和区岸町7-8-10-1102

詩集　夢始末《ゆめしまつ》

発　行　二〇二四年十一月二十八日

著　者　田口ムツ子
装　幀　直井和夫
発行者　高木祐子
発行所　土曜美術社出版販売
〒162-0813　東京都新宿区東五軒町三―一〇
電　話　〇三―五二二九―〇七三〇
FAX　〇三―五二二九―〇七三二
振　替　〇〇一六〇―九―七五六九〇九
DTP　直井デザイン室
印刷・製本　モリモト印刷
ISBN978-4-8120-2870-4　C0092